Janosch

Rasputin der Lebenskünstler

Janosch

Rasputin der Lebenskünstler

Mit einer kleinen Bärenenzyklopädie
von David Wagner

Reclam

MIX
Papier | Fördert
gute Waldnutzung
FSC® C019821

RECLAMS UNIVERSAL-BIBLIOTHEK Nr. 14398
2024 Philipp Reclam jun. Verlag GmbH,
Siemensstraße 32, 71254 Ditzingen

Gestaltung: Cornelia Feyll, Friedrich Forssman
Umschlagillustration: Janosch
Druck und Bindung: Druckerei C.H.Beck,
Bergerstraße 3–5, 86720 Nördlingen
Printed in Germany 2024
RECLAM, UNIVERSAL-BIBLIOTHEK und
RECLAMS UNIVERSAL-BIBLIOTHEK sind eingetragene Marken
der Philipp Reclam jun. GmbH & Co. KG, Stuttgart
ISBN 978-3-15-014398-8
www.reclam.de

Inhalt

Zur Person

Rasputin ist so einer wie du.

Und wenn nicht wie du, dann ist er einer wie jener, den du kennst. Mit dem du lebst, wie einer, der neben dir steht oder über dir, unter dir, links von dir, rechts von dir und um dich herum wohnt oder sich befindet.

Kurzum: *Wir alle kennen Rasputin.*
Er hat eine Frau, hat Kinder, hat keine Lust zu arbeiten. Und ist auf der Suche nach sich selbst. Wir wissen, wie

er geht, wie er steht, was er isst, wie er ist, was er nicht liebt und was ja, und wie. Er ist ein Bär, und er ist kein Bär.

Ob das geht?

Es gibt nicht viel, was nicht geht, *das* aber geht.

Ist er nun ein Lump oder nicht?

Drücken wir uns um die Antwort. Wir drücken uns ohnehin um fast alles im Leben.

Um aber dieses Leben lebend zu überlegen, bedarf es für ihn einer gewissen Kunst. Die Kunst besteht darin, *nicht erlegt zu werden.*

Blattschuss, Ende, Bärenfell an der Wand und Sense, aus.

Wir selber brauchen diese Kunst nicht zu lernen, denn wir sind ganz andere.

Geschichte
Numero:
I

Selbsterkenntnis, das ist, wenn
sich einer fragt: »Was bin ich denn?«
Zu Haus im stillen Kämmerlein,
mit seiner Seele ganz allein.

Nach vielen Schmerzen, großer Qual,
dann weiß er es mit einem Mal:
»*Ich bin ein Bär*, das macht mich froh.«
Nur Mutter sieht es gar nicht so.

Der Vater könnt sich manche Plagen
sparen. Täte er Mutter fragen.

Geschichte
Numero:
2

Manch ein Problem in unserm Land
wird diskutiert, ist hochbrisant.
Und was für einen gilt, gilt auch
für andere und deren Bauch.
Denn keine Regel – nebenbei –
gilt nur für einen. Zweifelsfrei.

Du säufst und säufst und säufst. Ich halt das nicht mehr aus . . .

Geschichte
Numero:
3

Ein weiser Mann ist einer dann,
wenn er die Welt ertragen kann.
Der, wenn vor Lärm die Erde bebt,
innerlich nur nach Frieden strebt.

Hier wäre dieser besser dran
mit einer Flasche Baldrian.

Nieder
mit den Alten!
... und anderen.

Geschichte
Numero:
4

Elternbildung – das ist logisch –
brauchen die Eltern. Pädagogisch.

Denn wenn die die Methode finden,
können sie die dann auch begründen.

Geschichte
Numero:
5

Kitzelt man einen mit der Feder,
dann muss er lachen. Das weiß jeder.
Das mag wohl stimmen. Aber nur …

… ist hier von Lachen keine Spur.

Geschichte Numero: 6

Manchmal sagt Vater: »Frau,
ach komm, wir machen heute blau,
legen uns untern Lindenbaum.«

Doch ach, wie schnell vergeht der Traum.
So retteten so manchen Sünder
vor mancher Sünde seine Kinder.

Geschichte
Numero:
7

»Die Maus zu fangen, ist nicht schwer«,
sagt Rasputin der Vaterbär.
»Denn diese Falle funktioniert,
indem die Maus den Speck …

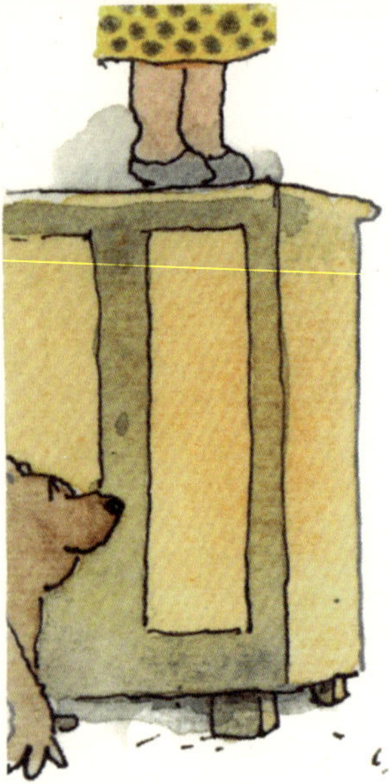

… berührt.«

Geschichte
Numero:
8

»Sind Videospiele«, muss man fragen,
»nicht doch sehr leblos, sozusagen?
Spiele ohne Naturgeschehen?«
Hier weiß der Vater, wie wir sehen,

wie man mit etwas Muskelkraft

das Leben in den Kasten schafft.

Geschichte
Numero:
9

»Manchmal«, denkt der Bärenvater,
»braucht der Bär einen Berater.«
Und geht zu Doktor Pappenstil.

»Die Kinder werden mir zu viel.«
Der Doktor rät dem Vaterbären
in diesem Fall: »Sich nicht vermehren.«

Geschichte
Numero:
10

Wie wir aus jeder Zeitung lernen,
steht unser Schicksal in den Sternen.
»An manchen Tagen ist«,
sagt Vater, »was da steht, nur Mist.«

Ach, lies mir doch mal das Horoskop vor, Mutter!
›Sternzeichen Bär: Packen Sie die Arbeit heute fest mit beiden Pfoten ...‹

»Den freien Geist erkennt man dann,
wenn er sein Schicksal ändern kann.«

Geschichte
Numero:
II

Den Gärtnersmann erkennt man dran,
dass er auch Bäume schneiden kann.
So Zweig um Zweig und nicht zu viel.
Man braucht da nur etwas …

… Gefühl.

Geschichte
Numero:
12

Sich einmal wiegen – kann man sagen –
könnte man preislich noch ertragen.
Für 5 Personen wär's zu teuer,
die Summe wäre ungeheuer.

Doch da ist wieder besser dran,
wer etwas taschenrechnen kann.

Geschichte
Numero:
13
Von Herzen ganz, ganz fröhliche Ostern, lieber Vater.

Geschichte
Numero:
14

»Das ist«, sagt hier der Vaterbär,
»ein sogenannter *Ro-bo-ter*.

Er hackt zum Beispiel ganz allein
im Küchendienst die Zwiebeln …

… klein.«

Geschichte
Numero:
15

Wenn wir alle Brüder wären,
wären wir alle Vaterbären.
Dann wäre hier auf dieser Welt
gar manches nicht so gut bestellt.
Doch steckt im rauen Bärenkleid …

… zu unserm Glück oft eine Maid.

Geschichte Numero: 16

ARMER
MANN HAT
KEINE
ARBEIT

Keine Arbeit – das ist schlecht
und manchem Bürger gar nicht recht.
Ein andrer hinwiederum
findet dieses gar nicht dumm.

Für diesen nämlich ist die Sause:
Keine Arbeit – ohne Pause.

Geschichte Numero: 17

Als Speise für den Weihnachtstisch
bringt Vater einen Weihnachtsfisch.

Nur! steht nicht überall geschrieben:
»Kinder, ihr sollt die Tiere lieben.«

Geschichte
Numero:
18

So manch ein übler Frauenheld
hat – nur, damit er ihr gefällt –
sich für das schmucke Mägdelein
verkleidet. Für den Augenschein.

Und dann zu Haus, dort in der Stube,
entblättert sich der böse Bube.
»Dort, rüder Lump, da ist die Tür!
Pack die Klamotten, fort mit dir.«

Ein Mägdelein hat, in allen Ehren,
das Recht auf einen *echten* Bären.

Geschichte

Numero:

19

»Für so ein Fingerhütchenspiel
braucht man Geduld und viel Gefühl«,
sagt Rasputin der Vaterbär.

»So! Ganz genau! Schaut einmal …

… her.«

Kleine Bärenenzyklopädie

von David Wagner

Bär: Das Etymon *Bär* kommt nur in germanischen Sprachen vor (englisch *bear*, niederländisch *beer*, skandinavisch *björn*) und leitet sich wohl von einem alten Wort für die Farbe Braun ab (s. a. *Brauner*). In romanischen Sprachen werden Bären *ours*, *urs*, *orso* oder *oso* genannt.

Bärater: Ein auf Bären spezialisierter Therapeut und Lebensberater. Rasputins Bärater heißt Doktor Pappenstil (S. 59) und gibt ihm den Rat, sich nicht weiter zu vermehren, wenn er Ruhe von seinen Bärenkindern haben wolle (s. a. *Ratgebär*).

Bär, abgemagert: Es gibt das Meme eines zerzausten, klapprigen, abgemagerten Bären, der im Frühling aus seiner Winterschlafhöhle kriecht. Wer fühlt sich nicht so, wenn der Wecker klingelt? Ach, wenn wir den Winter doch auch verschlafen könnten …

Bärenfleisch: Hildegard von Bingen warnte im 12. Jahrhundert, dass Bärenfleisch lüstern mache, und riet vom Verzehr ab. Wurden deshalb so viele Bärenfallen aufgestellt und so viele Bärengruben gegraben? Waren Bären deshalb in unseren Breiten nicht lange nach Hildegard von Bingen ausgestorben?

Bärenjagd: Rasputin geht auf die Jagd (S. 45 ff.) und versucht, eine Maus zu fangen. Leider vergeblich: Er klemmt sich seine Tatze in der Mausefalle ein. Hat er also den Bären gejagt.

Bärenjunge: Gelegentlich muss Bärenjungen aus leeren Pools oder Müllcontainern herausgeholfen werden, während die besorgt-nervöse, aggressive Bärenmutter selbst versucht, ihre Jungtiere zu retten. Videos von erfolgreichen Bärenjungenrettungsaktionen sind sehr beliebt auf sozialen Netzwerken. Sehen wir nur die, die gelingen?

Bärenmarke: Als Kind dachte ich selbstverständlich, in diesen kleinen Dosen befände sich Bären-, nicht Kondensmilch. Tja. So kann man sich täuschen.

Bärenklauen (auch *Ochsenmäuler* oder *Kuhmäuler* genannt): Typische Schuhe der frühen Neuzeit mit breiten Sohlen. Hinten und an der Seite kaum einen Fingerbreit hoch, haben sie auf der Vorderseite einen mehrmals geschlitzten und unterpufften Sack.

Bärentatzen: Können Schmutzspuren und ein Fährte hinterlassen. Rasputin hinterlässt sie nicht im Wald, sondern in der Wohnung (S. 14). Und wer putzt seinen Dreck weg? Er selbst? Nein, sieht nicht so aus. Seine Gattin nennt ihn »Riesenferkelschwein«.

Bärentöter: Flinte im Besitz Old Shatterhands im Winnetou-Universum von Karl May. Heute hoffentlich ausgemustert und stillgelegt. Bären zu töten ist nicht cool.

Bär-oder-Mann-im-Wald-Dilemma: Große Diskussion in sozialen Netzwerken, die Presse hat es aufgegriffen, viele Frauen, vielleicht sogar die Mehrheit, sagen: Allein im Wald unterwegs würde ich lieber einem Bären als einem fremden Mann begegnen. Und das liegt wohl nicht am weichen Fell der Bären.

Brauner: Einst verbreitetes Tabuwort für Bären, um den eigentlichen Namen des Tiers nicht nennen zu müssen. Nicht auszusprechen. Um keinen Bärenbesuch heraufzubeschwören.

Brummbär: In jedem Chor gefürchtet. Meist in den tiefen Stimmlagen zu finden.

Einzelbär: Bären sind Einzelgänger und pflegen eine eher dämmerungs- oder nachtaktive Lebensweise. Tagsüber sind sie nicht so aktiv. Rasputin, so stelle ich es mir vor, liegt tagsüber gerne auf dem Sofa (S. 19), auf der Chaiselongue (S. 34), in der Hängematte (S. 67) oder auf dem Boden (S. 96) (s. a. *Künstlerbär*).

Eisbär: Ein Bär, der sehr gerne Eis isst. Lieblingssorte meist Honigvanille.

Familienbär: Rasputin ist einer, er hat eine Frau und er hat Kinder. Ihren Krach erträgt er allerdings nur mit feuchten Tüchern auf den Ohren.

Fell des Bären: So manches Bärenfell wird verteilt, bevor der Bär erlegt ist. Rasputin weiß, dass die wahre Kunst des Bärenlebens (und aller Leben) darin besteht, nicht erlegt zu werden. Lieber hinlegen, statt erlegt zu werden, lautet seine Devise.

Gebärdensprache: Bisher unentschlüsselte Zeichensprache der Bären. Für Menschen leider unverständlich.

gebären: Eine Bärin oder einen Bären zur Welt bringen.

Goldbären (vulgo *Gummibärchen*): Sehr uniforme, sich nur durch ihre Farbe und ihren Geschmack minimal unterscheidende Süßigkeit. Echte Bären bevorzugen die natürliche Süße von Honig.

Grizzly Man: So nannte sich der Mann, der jahrelang und immer wieder mit Bären lebte, ihnen Lieder vorsang und sich einbildete, ihre Gesichtsausdrücke (s. a. *Gebärdensprache*) lesen zu können. Der die Bären für seine Freunde hielt. Und wie endete diese (einseitige?) tiefe Freundschaft mit den Bären? Eines Tages fraßen die Bären Grizzly Man und seine Freundin, die er als Kamerafrau beschäftigte, auf.

Himbär oder *Himbärin*: Ein Bär oder eine Bärin, der/die sich während der Reifezeit fast ausschließlich von Himbeeren ernährt. Das Fell der Himbären nimmt oft eine himbeerfarbene Färbung an. Himbären sind heute leider sehr selten geworden.

Honig: Hauptnahrungsmittel der Bären. Die Vorliebe für Honig verhalf den Bären auch zu dem Namen *Beowulf*, altenglisch für *Bienenwolf*. Auch Pu der Bär ist nie weit entfernt von einem Honigtopf zu finden.

Kleiner Bär: Figur aus dem Janosch-Buch *Oh, wie schön ist Panama*, in dem dieser und sein Freund Kleiner Tiger aus ihrem Haus am Fluss Richtung Panama aufbrechen, nicht ohne selbst einen Wegweiser dorthin aufgestellt zu haben. Einen Wegweiser, den sie nach ihrer Wanderung im Kreis für ein Ortsschild halten. – Nicht lange vor ihrem frühen Tod begann meine Mutter (s. a. *Mamabär*) unser Haus umzubauen. Sie ließ Wände einreißen, vergrößerte Fenster, um mehr Licht hereinzulassen, vergrößerte Räume. Eines der neuen Zimmer im Erdgeschoss nannte sie Panama. Nicht nach dem Land oder dem gleichnamigen Kanal, sondern nach dem Buch von Janosch. Ich verstand das damals nicht wirklich, ich war neun oder zehn Jahre alt, fand es aber lustig.

Kleinholzbär: Rasputin wird zum Kleinholzbären, wenn er versucht, einen Baum zu beschneiden (S. 71). Von dem Baum bleibt nicht viel übrig. Nur Kleinholz.

Kostümbär: Ein Kostümbär ist gar kein echter Bär, sondern ein als Bär verkleideter Mensch (S. 91 u. S. 103). In dem deutschen Film *Finsterworld* (2013) tragen Polizisten pelzige Kostüme, die aus ihnen freundliche Bären machen. Kostümbären sind auch in Fetisch- und Kuschelgruppen beliebt, aber Achtung: Kostümbären bitte nicht mit echten Bären verwechseln.

Künstlerbär: Rasputin ist ein Lebenskünstler, also auch ein Künstlerbär. Er lebt auf jeden Fall wie einer.

Lachsbären: Die Stars aller Tierdokus, die in Kanada oder Alaska spielen. Bären fischen Lachse aus dem flachen Wasser, ach was, sie greifen sie bloß und fressen nur das Fett. Die Reste des angeknabberten Fischs werfen sie in den umstehenden Wald, der dort wegen all der niederprasselnden Nährstoffe besser und höher wächst als überall sonst.

Mamabär (auch *Bärenmama*): Bärinnen ziehen ihre Jungen alleine groß. Sind also alleinerziehende Mütter. Bärenstarke Mütter. Übermütter.

Normalbär: Bär in freier Wildbahn. Ist oft ein *Einzelbär*.

Petz, Meister: *Meister Petz* lautet der Fabelname der Bären, entsprechend Meister Lampe für Hasen. Petz könnte also Rasputins Nachname sein: Rasputin Petz.

Ratgebär: Ein sehr kluger Bär, meist eine Bärin, die sehr viel weiß und stets mit Rat und Tat zur Seite steht (s. a. *Mamabär*). Ein Ratgebär ist extrem hilfsbereit und daher oft sehr beliebt (s. a. *Bärater*).

Schadbär: Ein Normalbär, der durch Verzehr einiger Hühner und Schafe zum sogenannten *Schad-* oder *Problembären* wird. Tritt vor allem im Alpenraum auf. Der Problembär Bruno, wer sich erinnert, wurde erschossen.

Schmutzbär: Einer, der wie Rasputin nicht darauf achtet, ob er Dreck ins Haus trägt. Der sich gerne im Schlamm wälzt. Und sich eher selten wäscht.

Tanzbär: In Rumänien habe ich Ende der neunziger Jahre noch Tanzbären gesehen; Bären, die mit einem Ring an der Nase herumgeführt wurden, leider im wahrsten Sinne des Wortes. Es gibt Geschichten von Bären, die auf einer von unten erhitzten Eisenplatte zum Tanzen gebracht wurden – diese Bärenquälerei musste ich glücklicherweise nicht mitansehen.

Teddybär: Angeblich nach dem 26. amerikanischen Präsidenten Theodor Roosevelt (1858–1919) benanntes Kuscheltier. Als Kind und viele Jahre später noch bewundert: die Weihnachtsschaufenster des Bonner Kaufhofs am Münsterplatz. Sich bewegende Plüsch- und Stoffbären führten dort allerlei lustige Tätigkeiten vor: Sie hackten Holz, rührten in Töpfen, schmückten Tannenbäume, kneteten Teig und packten Geschenke ein.

Unbestimmbär: Ein rätselhaftes Wesen bzw. Mischwesen, bei dem sich nicht eindeutig bestimmen lässt, ob es Mensch, Bär oder Schwein ist. Das Mannbärschwein (im Original *ManBearPig*) aus *South Park* ist ein solches Wesen, seinen ersten Auftritt hat es in Staffel 10, Episode 6. Ich würde dem Mannbärschwein nicht gerne im

Wald begegnen, denn es vereint die schlechten Eigenschaften von Männern und Bären (s. a. *Bär-oder-Mann-im-Wald-Dilemma*).

Unten-ohne-Bär: Ein Bär trägt sein Fell und normalerweise keine Hose, Bären brauchen keine Beinkleider. So hält es auch Rasputin. Nur zwei Zeichnungen zeigen ihn mit einer luftigen Gärtnerschürze (S. 71 u. 73). Der untenrum weitgehend freie Rasputin erinnert an Goleo VI, das pelzige Maskottchen der Fußballweltmeisterschaft 2006, um das es große Aufregung gab, weil dieses Wesen zwar ein Fußballtrikot trug – untenrum aber ebenfalls keine Hose. Was einigen als seltsam auffiel.

Wappenbär: Wir Berliner begegnen ihm jeden Tag auf Siegeln, Stempeln und Plakaten. Als Skulptur steht er an einigen Autobahnen, die nach Berlin hineinführen, und grüßt uns. Immer eine Freude! Endlich wieder in Sicherheit! Endlich wieder in Bärlin!

Über Janosch

Als Horst Eckert 1931 in Zaborze (Polen) geboren, zog es Janosch zunächst nach Paris und München, ehe es ihn in den 1980ern nach Spanien verschlug, um dort in der Hängematte liegend die Sonne zu genießen. Als einer der erfolgreichsten und bekanntesten deutschen Kinderbuchautoren wurde er mehrfach ausgezeichnet, u. a. mit dem französischen und dem deutschen Kinder- und Jugendbuchpreis. Viele seiner Bücher erschienen in mehreren Sprachen und wurden millionenfach verkauft. Seit 2021 mischt sich Janosch mit *Wondrak für alle Lebenslagen* und vielen weiteren Titeln unter die Klassiker von Reclams Universal-Bibliothek.

Weitere Janosch-Titel im Reclam Verlag

Ich liebe eine Tigerente

ISBN 978-3-15-014320-9

Reclam

zum Lesen, Vorlesen und Träumen:

Wondrak für alle Lebenslagen
ISBN 978-3-15-014176-2

Wörterbuch der Lebenskunst
ISBN 978-3-15-014321-6

Reclam

Wondrak
und die Kunst der Gelassenheit
ISBN 978-3-15-014404-6

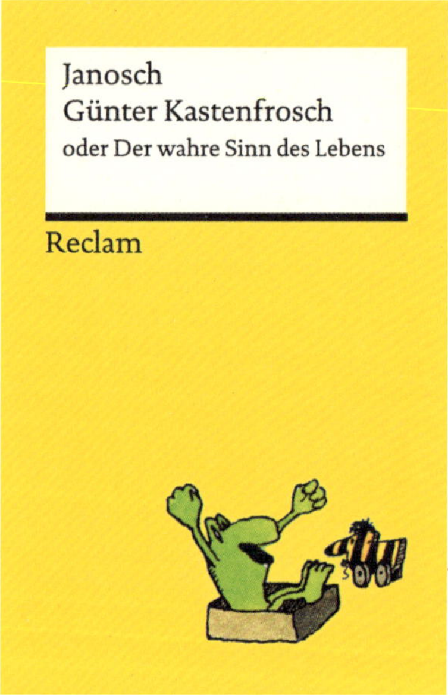

Günter Kastenfrosch
ISBN 978-3-15-014397-1

Reclam

Janoschs Notizbuch
für alle Lebenslagen
Reclam